El Zapatero y los Duendes
the Elves and the Shoemaker

retold by Henriette Barkow
illustrated by Jago

Spanish translation by Marta Belen Saez-Cabero

mantra lingua

Había una vez un zapatero muy trabajador que vivía con su esposa.
Por desgracia, las modas cambiaron y la gente dejó de comprar sus
zapatos. Cada vez era más pobre. Llego un día en que sólo le
quedaba el cuero suficiente para hacer un último par de zapatos.

Once there lived a shoemaker and his wife. He worked hard, but fashions
changed and people didn't buy his shoes any more. He became poorer and
poorer. In the end he only had enough leather to make one last pair of shoes.

¡Clic, clic! Cortó el
patrón de dos zapatos.

Snip, snip! He cut out the shapes
of two shoes.

Los dejó en el banco de trabajo con
la intención de empezar a coserlos
por la mañana.

He left them on the workbench ready
to start sewing in the morning.

Al día siguiente, cuando bajó al taller, encontró… un bonito par de zapatos.
Los levantó y vio que estaban cosidos con mucho esmero y con puntadas perfectas.
"¿Quién habrá hecho estos zapatos?", se preguntó.

The next day, when he came downstairs, he found… a beautiful pair of shoes.
He picked them up and saw that every stitch was perfectly sewn.
"I wonder who made these shoes?" he thought.

Justo entonces entró una mujer en la tienda. "Esos zapatos son preciosos",
dijo. "¿Cuánto cuestan?"
El zapatero le dijo el precio pero ella le dio el doble de lo que le había pedido.

Just then a woman came in to the shop. "Those shoes are gorgeous,"
she said. "How much are they?"
The shoemaker told her the price but she gave him twice the money
he had asked for.

Ahora el zapatero tenía dinero suficiente para comprar comida y algo de cuero para hacer dos pares de zapatos.

Now the shoemaker had enough money to buy food and some leather to make two pairs of shoes.

¡Clic, clic! ¡Clic, clic! Cortó
el patrón de cuatro zapatos.

Snip, snip! Snip, snip!
He cut out the shapes of four shoes.

Los dejó en el banco de trabajo
con la intención de empezar a
coserlos por la mañana.

He left them on the workbench ready
to start sewing in the morning.

Al día siguiente, cuando bajó al taller, encontró… dos bonitos pares de zapatos.
"¿Quién habrá hecho estos zapatos?", se preguntó.
Justo entonces entró una pareja en la tienda. "Mira esos zapatos", dijo el hombre.
"Hay un par para ti y un par para mí. ¿Cuánto cuestan?", preguntó la mujer.
El zapatero les dijo el precio, pero le dieron el doble de lo que les había pedido.

The next day, when he came down the stairs, he found… two beautiful pairs of shoes.
"I wonder who made these shoes?" he thought.
Just then a couple came in to the shop. "Look at those shoes," said the man.
"There is one pair for you and one pair for me. How much are they?" asked the woman.
The shoemaker told them the price, but they gave him twice the money he had asked for.

Ahora el zapatero tenía dinero suficiente
para comprar más comida y algo de
cuero para hacer cuatro pares de zapatos.

Now the shoemaker had enough money to buy more
food and some leather to make four pairs of shoes.

¡Clic, clic! ¡Clic, clic! ¡Clic, clic! ¡Clic, clic!
Cortó el patrón de ocho zapatos.
Los dejó en el banco de trabajo con la
intención de empezar a coserlos por la mañana.

Snip, snip! Snip, snip! Snip, snip! Snip, snip!
He cut out the shapes of eight shoes. He left them on
the workbench ready to start sewing in the morning.

Al día siguiente, cuando bajó al taller, encontró… cuatro bonitos pares de zapatos.

"¿Quién habrá hecho estos zapatos?", se preguntó.

Justo entonces entró una familia en la tienda.

"¡Caramba! Mira esos zapatos", dijo el niño.

"Hay un par para ti y un par para mí", dijo la niña.

"Y un par para mamá y un par para papá", dijo el niño.

"¿Cuánto cuestan?", preguntaron los padres.

El zapatero les dijo el precio, pero le dieron el doble de lo que les había pedido.

The next day when he came down the stairs he found… four beautiful pairs of shoes.

"I wonder who made these shoes?" he thought.

Just then a family came in to the shop.

"Wow! Look at those shoes!" said the boy.

"There is a pair for you and a pair for me," said the girl.

"And a pair for mum and a pair for dad," said the boy.

"How much are they?" asked the parents. The shoemaker told them the price, but they gave him twice the money he had asked for.

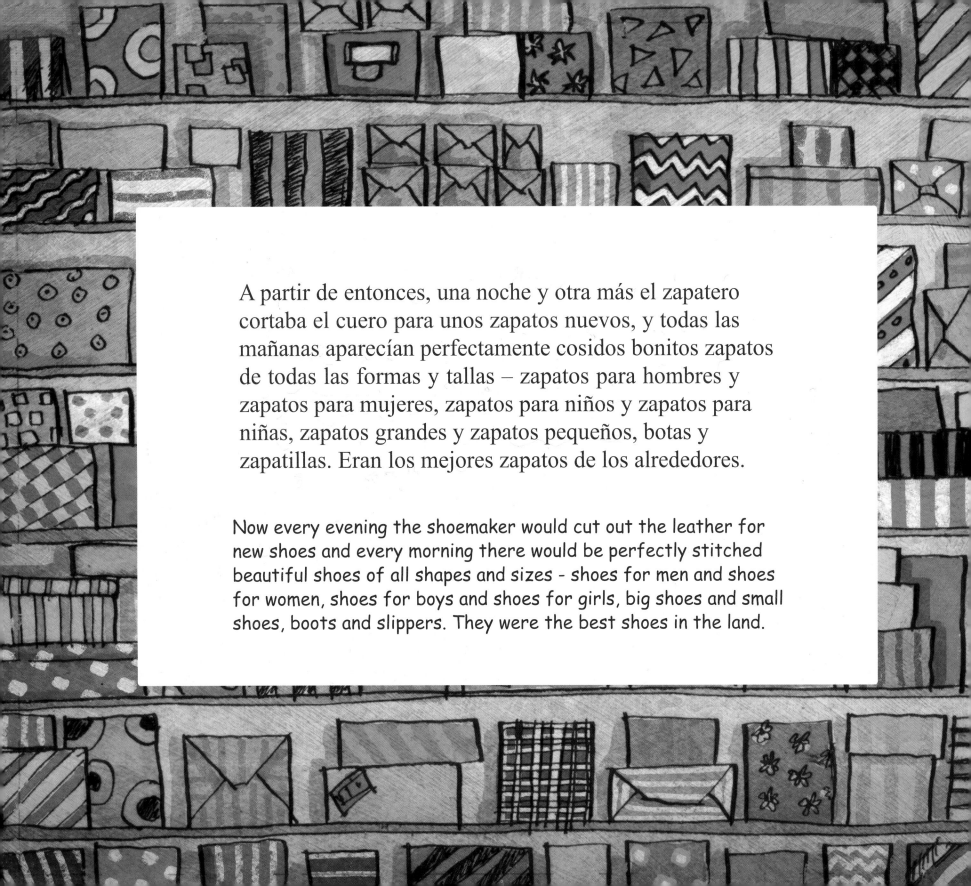

A partir de entonces, una noche y otra más el zapatero cortaba el cuero para unos zapatos nuevos, y todas las mañanas aparecían perfectamente cosidos bonitos zapatos de todas las formas y tallas – zapatos para hombres y zapatos para mujeres, zapatos para niños y zapatos para niñas, zapatos grandes y zapatos pequeños, botas y zapatillas. Eran los mejores zapatos de los alrededores.

Now every evening the shoemaker would cut out the leather for new shoes and every morning there would be perfectly stitched beautiful shoes of all shapes and sizes - shoes for men and shoes for women, shoes for boys and shoes for girls, big shoes and small shoes, boots and slippers. They were the best shoes in the land.

Al volverse las noches más largas y frías el zapatero se ponía a pensar quién podía estar haciendo los zapatos.

¡Clic, clic! ¡Clic, clic! El zapatero cortó el cuero para los zapatos.

"Ya sé", le dijo a su mujer, "no nos acostemos para averiguar quién está haciendo nuestros zapatos". Y dicho esto el zapatero y su mujer se escondieron detrás de la estantería.

Cuando el reloj dio las doce de la noche, dos hombrecillos aparecieron.

As the nights became longer and colder the shoemaker sat and thought about who could be making the shoes.

Snip, snip! Snip, snip! The shoemaker cut out the leather for the shoes.

"I know," he said to his wife, "let's stay up and find out who is making our shoes." So the shoemaker and his wife hid behind the shelves.

On the stroke of midnight, two little men appeared.

Se sentaron en el banco de trabajo del zapatero. Se pusieron a coser, ¡swish, swish!

They sat at the shoemaker's bench. Swish, swish! They sewed.

¡Toc, toc!, hacían con el martillo. Sus pequeños dedos trabajaban tan rápido que el zapatero apenas podía dar crédito a sus ojos.

Tap, tap! They hammered in the nails. Their little fingers worked so fast that the shoemaker could hardly believe his eyes.

¡Swish, swish! ¡Toc, toc! No pararon hasta convertir todos los trozos de cuero en zapatos.
Después se bajaron de un salto y salieron corriendo.

Swish, swish! Tap, tap! They didn't stop until every piece of leather had been made into shoes.
Then, they jumped down and ran away.

"¡Ay, esos pobres hombrecillos! Deben tener tanto frío con esos harapos",
dijo la mujer. "Nos han ayudado con todo su duro trabajo y no tienen nada.
Debemos hacer algo por ellos".
"¿Qué crees que deberíamos hacer?", preguntó el zapatero.
"Ya sé", dijo la mujer. "Les haré ropa de abrigo".
"Y yo les haré unos zapatos para sus fríos y descalzos pies", dijo el zapatero.

"Oh, those poor little men! They must be so cold in those rags," said the wife.
"They have helped us with all their hard work and they have nothing.
We must do something for them."
"What do you think we should do?" asked the shoemaker.
"I know," said the wife. "I will make them some warm clothes to wear."
"And I will make them some shoes for their cold, bare feet," said the shoemaker.

A la mañana siguiente el zapatero y su esposa no abrieron la tienda como de costumbre.
Se pasaron el día entero trabajando pero no vendiendo zapatos.

The next morning the shoemaker and his wife didn't open the shop as usual.
They spent the whole day working but it wasn't selling shoes.

¡Tic, tic! La mujer del zapatero
tejió dos pequeños jerseys.
¡Tic, tic! Tejió dos pares de
calcetines de lana.

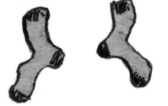

Clickety, click! The shoemaker's
wife knitted two small jumpers.
Clickety, click! She knitted two
pairs of woolly socks.

¡Swish, swish!¡Swish, swish!
Cosió dos pares de pantalones
de abrigo.

Swish, swish! Swish, swish!
She sewed two pairs of warm trousers.

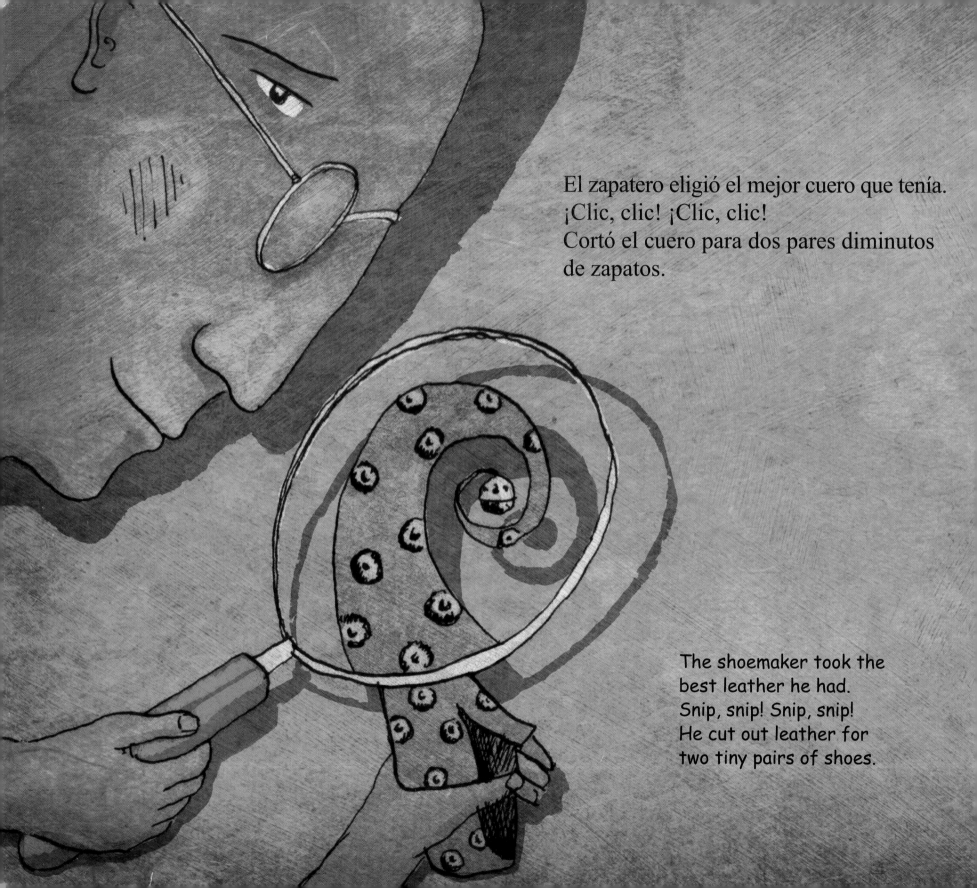

El zapatero eligió el mejor cuero que tenía.
¡Clic, clic! ¡Clic, clic!
Cortó el cuero para dos pares diminutos
de zapatos.

The shoemaker took the
best leather he had.
Snip, snip! Snip, snip!
He cut out leather for
two tiny pairs of shoes.

¡Swish, swish! ¡Swish, swish!
Cosió cuatro pequeños zapatos.
¡Toc, toc! ¡Toc, toc!
Con el martillo pegó las suelas a cada par.
Eran los mejores zapatos que había hecho
en su vida.

Swish, swish! Swish, swish!
He stitched four small shoes.
Tap, tap! Tap, tap!
He hammered the soles onto each pair.
They were the best shoes he had ever made.

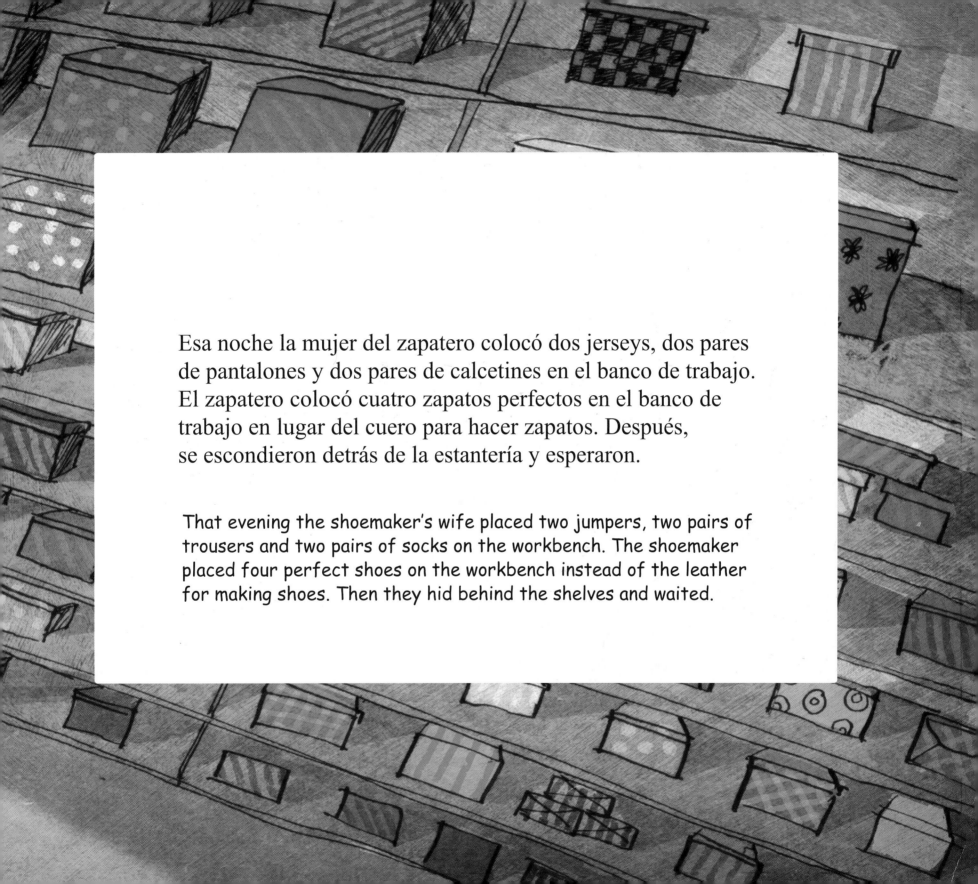

Esa noche la mujer del zapatero colocó dos jerseys, dos pares de pantalones y dos pares de calcetines en el banco de trabajo. El zapatero colocó cuatro zapatos perfectos en el banco de trabajo en lugar del cuero para hacer zapatos. Después, se escondieron detrás de la estantería y esperaron.

That evening the shoemaker's wife placed two jumpers, two pairs of trousers and two pairs of socks on the workbench. The shoemaker placed four perfect shoes on the workbench instead of the leather for making shoes. Then they hid behind the shelves and waited.

Cuando el reloj dio las doce de la noche los dos hombrecillos
aparecieron, listos para trabajar. Pero cuando vieron las ropas
se detuvieron y se quedaron mirándolas. Después, se las
pusieron rápidamente.

On the stroke of midnight the two little men appeared ready for work.
But when they saw the clothes they stopped and stared.
Then they quickly put them on.

Estaban tan felices que dieron palmas - ¡clap, clap!
Estaban tan felices que golpearon sus pies - ¡tap, tap!
Bailaron por la tienda, y así salieron por la puerta.
Y a dónde fueron nunca lo sabremos.

They were so happy they clapped their hands - clap clap!
They were so happy they tapped their feet - tap tap!
They danced around the shop and out of the door.
And where they went we'll never know.

Key Words

elves	duendes	sewing	cosiendo
shoemaker	zapatero	making	haciendo
wife	esposa / mujer	gorgeous	precioso/preciosos
shop	tienda	price	precio
fashions	modas	money	dinero
shoe	zapato	cut out	cortar
shoes	zapatos	stitch	puntada
poor	pobre / pobres	day	día
leather	cuero	morning	mañana
pair	par	evening	tarde/noche
workbench	banco de trabajo	nights	noches

Palabras Clave

midnight	las doce de la noche	socks	calcetines
stroke	dio	clapped	dieron palmas
stay up	no nos acostemos	tapped	golpearon
hammered	hicieron con el martillo	danced	bailaron
rags	harapos		
cold	frío/fríos		
bare	descalzo/descalzos		
soles	suelas		
knitted	tejió		
jumper	jersey		
trousers	pantalones		

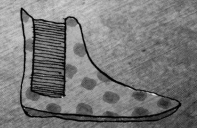

The books on this page have been Pen enabled.
Please touch the Pen to the left hand corner of the page for further information on language availability or visit www.mantralingua.com

TalkingPEN™

علي بابا والاربعين حرامي

Ali Baba and the Forty Thieves

Неужели опять,
Красная Шапочка!

Not Again, Red Riding Hood!
Kate Clynes & Louise Daykin

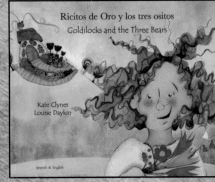

Ricitos de Oro y los tres ositos
Goldilocks and the Three Bears

Kate Clynes
Louise Daykin

LA PETITE POULE ROUGE ET LES GRAINS DE BLE

The Little Red Hen and the Grains of Wheat

L. R. Hen
Jogo

LION FABLES
by JAN ORMEROD

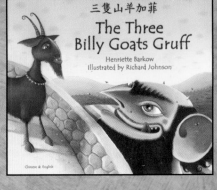

三隻山羊加菲

The Three Billy Goats Gruff

Henriette Barkow
Illustrated by Richard Johnson

اللفتة العملاقة

The Giant Turnip

Adapted by Henriette Barkow
Illustrated by Richard Johnson

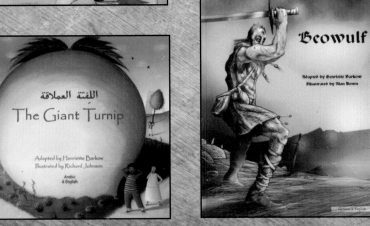

Beowulf

Adapted by Henriette Barkow
Illustrated by Alan Down

The Children of Lir

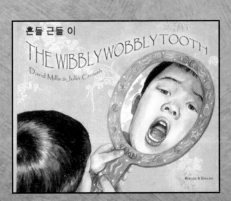

혼들 근들 이

THE WIBBLY WOBBLY TOOTH
David Mills & Julia Crouth